La fille sur la rive

Du même auteur au Rouergue :

Le grand concours - 2005, roman Zig Zag (ill. Laetitia Le Saux).
Les rois du monde - 2006, roman Zig Zag (ill. Éva Offrédo).
Passer au rouge - 2006, roman doAdo.
Gros dodo - 2007, roman Zig Zag (ill. Claire Franek).
Bière grenadine - 2007, roman doAdo.
Trop de chance - 2007, roman doAdo.
Sorcières en colère - 2008, roman Zig Zag (ill. Diego Firmin).
Zarbi - 2008, roman doAdo.
L'ébouriffée - 2009, album (ill. Clémence Pollet).
La nuit de Valentine - 2011, album (ill. Isabelle Charly).
Plan B pour l'été - 2012, roman doAdo.

Née en mai 1968, Hélène Vignal vit et travaille à Poitiers.

Photographie de couverture : **Dorothy-Shoes**

www.lerouergue.com

doado noir

Hélène Vignal

la fille sur la rive

rouergue

J'habite près du Pont, le long du Fleuve. En gros, c'est le quartier le plus pourri de Satmine. En général, les gens préfèrent habiter près de la Mairie. Les immeubles et les maisons du quai tournent le dos au Fleuve et regardent vers le cœur de la ville. Les fenêtres de ce côté-là sont souvent murées ou condamnées. Le Bourgmestre nous met en garde contre les brumes toxiques qui montent de l'eau infectée du Fleuve. Il répète qu'elles sont dangereuses, voire mortelles. Il fait placarder des affiches dans la ville, diffuse des spots à la télé, en parle dans chacun de ses discours et nos parents, nos maîtres, relaient ces messages. Tous les immatures de Satmine sont élevés dans la méfiance du Fleuve. Personne n'aime se promener dans ses alentours, il n'y a rien à voir en dehors des soldats de la force spéciale de protection de Satmine et de leurs chiens qui font des rondes pour empêcher les gens d'approcher de l'eau ou pour prévenir on ne sait trop quelle invasion de l'extérieur.

Les abords du Fleuve n'attirent personne en raison de la puanteur qui s'en dégage. Ce sont des miasmes qui viennent des marécages de l'autre côté du Pont. Quand le vent souffle de l'est, on sent aussi les odeurs de la mine. La seule richesse naturelle ici, c'est le Karka qu'extraient du ventre de la terre tous les hommes de Satmine de quinze à soixante-dix ans. C'est pour cela qu'on vit à Satmine : pour le Karka. C'est un minerai très rare découvert au début du siècle et prisé pour sa résistance aux températures extrêmes. Allié à une infime quantité d'or, il devient impossible à fondre et intéresse tous les États du globe,

AVIS AUX SATMINIENS

**En raison de risques sanitaires,
il est vivement déconseillé
de s'approcher du Fleuve.**

Tout contact cutané présente des risques mortels.

**En cas de chute accidentelle d'un individu dans le Fleuve,
il est interdit de lui porter secours
pour éviter le suraccident.**

**La fréquentation des abords du Fleuve expose
à des inhalations de substances toxiques pouvant
présenter des risques pulmonaires, infectieux, de stérilité,
de débilité et divers autres effets irréversibles.**

Informations attestées et contrôlées par le Bureau de santé publique
des forces spéciales de protection de Satmine

Affichage autorisé par les forces spéciales de protection de Satmine - FSPS notamment pour les programmes spatiaux. Les seules mines trouvées à ce jour sont exploitées par les Satminiens. Elles sont assez loin de l'Enclave, et les routes sont dangereuses. C'est pourquoi chaque matin, ce sont des blindés qui emmènent nos pères vers leur travail.

L'horizon ici est fade et bouché. L'autre rive du Fleuve est toujours plongée dans des brumes grises. L'eau est boueuse, rapide et encombrée de détritus.

Je crois être la seule habitante de Satmine à aimer aller au bord du Fleuve. Je n'y ai jamais vu personne s'y promener comme moi. Je m'assieds dans un petit coin et je profite du calme et de la compagnie des colonies de chats sauvages qui y ont organisé leur vie. J'examine longuement leurs bagarres, leurs copulations violentes, je découvre les portées de chatons tricolores qui suivent de vieilles femelles fatiguées, ou j'essaie d'apprendre leur sens de la paresse. Les Satminiens n'aiment pas les chats, il paraît qu'il y a longtemps, les gens en avaient dans leurs maisons. J'ai du mal à le croire. Leur fréquentation de la rive les ont rendus suspects de porter des maladies. Régulièrement les soldats font des campagnes d'élimination radicales des colonies de félins. Les jours qui suivent, j'évite la rive. C'est trop triste. On voit des chatons errer à la recherche de leur mère, des traces de sang, des cadavres oubliés et la puanteur est encore plus forte. Pour les enfants de l'école, mon rapport aux chats est un sujet inépuisable de moqueries :

–Hé, Nour, c'est vrai que tu vas au Fleuve pour chasser les chats ?

–Ça a quel goût, le chat ? Tu les manges crus ou cuits ?

–C'est pour ça que t'habites près du Fleuve, hein, pour pouvoir bouffer des chats plus souvent ?

–Fais gaffe ! À force de bouffer des chats, t'as les poils qui poussent !

– Ouais, et puis tu vas miauler et avoir une queue !

Même si je ne montre rien quand elles fusent vers moi, les railleries des autres immatures de Satmine me poursuivent en permanence. Elles font partie de mon quotidien, un peu comme mon ombre, ou le bruit de mes pas. Je n'essaie plus d'y échapper.

– Je voudrais qu'ils arrêtent, dis-je parfois à ma mère au bord des larmes.

– C'est pas pour rien qu'on vous appelle des immatures, elle me répond en souriant, comme si tout ça était une mauvaise blague. On a tous connu ça, les petites histoires d'enfants. Heureusement ça finit par passer… Essaie de faire des efforts, de jouer plus souvent avec eux, tu verras : ils se moqueront moins de toi.

Même si j'aimerais qu'elle me prenne plus au sérieux, ses mots me font du bien. Elle sait que je souffre de tout ça. Et moi je sais qu'elle ne peut rien faire. Les Satminiens sont obligés de vivre ensemble. Entre adultes aussi, il y a parfois des conflits. Comme on ne peut pas sortir de l'Enclave, il faut s'accommoder les uns des autres. J'imagine bien que mes parents en entendent de toutes les couleurs, me concernant. Je suis différente des autres immatures et je sais qu'on le leur fait souvent remarquer. Alors ma mère ne sait rien faire d'autre que de me câliner longuement, car le seul remède est de se serrer l'une contre l'autre jusqu'à ce que la douleur s'atténue. Et au bout d'un moment ça marche : ses caresses, ses câlins, son écoute silencieuse me font du bien et j'oublie les méchantes phrases qui semblent comme se dissoudre pour laisser toute la place à sa chaleur douce et parfumée.

J'ai évacué le problème des copains, il y a plusieurs années déjà. Comme je l'ai dit une fois pour toutes vers l'âge de quatre ans, à part mes parents, *j'aime pas personne*. Ça les avait bien fait rire, cette phrase, mes parents.

Avoir des copains, c'est trop compliqué pour moi. Je le sais, j'ai essayé. Quand on a un copain, il ne supporte pas qu'on lui refuse quelque chose plus de deux ou trois fois ; il veut sans arrêt passer des pactes et faire des plans ; il a de grands projets où il commande tout le monde et où on lui sert toujours de bras droit ; il part du principe que notre vie lui est entièrement consacrée et ne supporte aucune sorte d'indépendance. Tout doit se passer comme il veut, quand il veut et selon les règles et modalités qu'il a décidées.

Les copines, c'est pire. Elles sont jalouses, possessives et indiscrètes, elles sont tyranniques, exigent qu'on porte les mêmes vêtements qu'elles, qu'on écoute la même musique, ou qu'on pense toujours comme elles. Comme je n'arrive pas à me concentrer sur tout ça et que forcément je ne donne jamais satisfaction, ça fait trop d'histoires. Du coup, je reste seule. Ce qui n'est pas plus bête que d'être en groupe.

Aucune des filles de Satmine ne pourrait supporter que j'écoute Richard Cocciante en boucle ou que je préfère fabriquer mes boîtes plutôt que d'aller à sa soirée pyjama. Aucune d'elles, pour mon anniversaire, ne serait capable de m'offrir, emballés avec amour, des vieux papiers ou un paquet de colle en paillettes pour orner mes boîtes. Aucune ne serait capable de se promener avec moi sans me demander d'enlever mon manteau en fausse fourrure orange ou ma cape de satin bleu.

À part mes parents, personne ne peut marcher à côté de moi sous la pluie en acceptant que je préfère porter un casque intégral plutôt qu'une capuche. Tous me demandent pourquoi je fais des boîtes et pourquoi je ne parle pas beaucoup. Mais je ne vois pas ce que je pourrais répondre. Tout cela n'est pas plus facile pour moi que pour eux. Il ne faut pas croire, parfois j'en ai marre de mes boîtes et de mes questions. À la grande loterie des activités, j'aurais préféré faire de la musique ou du karaté, du tir à l'arc ou de la chimie, des greffes de plantes ou des coiffures compliquées devant mon miroir avec une tête aussi vide qu'un vieux bidon de Karka. Oui mais voilà : je fais des boîtes et je cogite. C'est tombé sur moi. Moi je m'en suis accommodée, mais pour les autres ça semble encore difficile d'admettre qui je suis. La plupart ne cherchent pas plus loin que le bout de leur nez.

Près du Fleuve, j'ai pris l'habitude de prendre des photos. Quand je les regarde, je vois toujours les mêmes images avec la masse sombre de l'eau, le gris du ciel et l'horizon bouché. Parfois je réussis à attraper la silhouette d'un chat dans mon cadre. Ils ont beau les tuer par centaines régulièrement, les chats ne meurent jamais. Ils reviennent. Encore et encore. Quand j'en photographie un, je suis contente. J'ai besoin de faire ces images. Je ne l'ai jamais confié à personne, mais je crois dur comme fer qu'un jour quelque chose de nouveau apparaîtra sur mes clichés. Quelque chose que mes photos révéleront.

J'attends. Je scrute. Je guette. C'est pas plus bête que d'adorer se contempler dans la glace comme tous les Satminiens.

À force de fouiller du regard la brume de l'autre rive, assise au bord du Fleuve, mon imagination a pris des chemins différents des autres, je le sais bien. C'est peut-être un des effets toxiques irréversibles de l'eau pourrie. Malgré moi, mon cerveau dessine ce qu'il y a derrière les brouillards, dans les marécages interdits. Peut-être des plantes étranges, des dinosaures survivants, des chats géants... ou d'autres choses encore plus effrayantes.

Je passe des heures dans ce triste désert de la rive. Seule. Surveillée de loin par les chats et les soldats, à inhaler la mort.

Je ne sais rien faire d'autre que de venir et revenir là. Comme si j'avais un rendez-vous, une obligation. Je ne sais pas quoi.

C'est vrai qu'au début ça sent vraiment mauvais dans ce coin, mais au bout d'un moment, assise là, je finis par ne plus rien sentir. Les chiens et les chats adorent quand ça pue. Pour les soldats, c'est sûrement pareil que pour moi. Au début, c'est insupportable, mais au bout de quelques minutes on ne sent déjà plus rien : tout le monde peut s'habituer à la puanteur.

CAMPAGNE D'ÉRADICATION FÉLINE

Vendredi 22 octobre de l'an 87,
circulation rigoureusement interdite
sur la rive du Fleuve dès 2:00 de la nuit.

Mesures de confinement conformément
au Code satminien pour tous les riverains
jusqu'au samedi 23 octobre 2:00 du jour.

Affichage autorisé par les forces spéciales de protection de Satmine

Je ne sais pas depuis quand je me pose des questions. Se poser des questions, ce n'est pas plus bête que de croire tout ce qu'on nous dit. Certainement qu'un jour j'étais assise, comme d'habitude, un peu à l'écart du Pont, bien tranquille sur la rive. Il y a forcément eu une première fois où j'ai commencé à me demander si on ne nous mentait pas, s'il y avait vraiment des marécages dangereux de l'autre côté du Pont, si le Fleuve était vraiment toxique et si les soldats étaient vraiment là pour nous protéger. Je me suis demandé aussi à quoi ressemblaient vraiment les mines de Karka où travaillent les hommes de Satmine, et où parfois ils meurent.

Car tous n'en reviennent pas. Les mines de Karka sont dangereuses et on peut y laisser sa vie, à cause des éboulements ou des gaz mortels. On vit avec ce risque. Chaque habitant de l'Enclave sait que de temps en temps, les blindés déchargent un ou plusieurs cercueils scellés de leur soute. Parfois les cercueils sont si nombreux qu'on est obligé de les laisser à la mine et les corps ne reviennent jamais. Alors le matin on se dit au revoir comme si c'était la dernière fois. « C'est notre vie de Satminiens » comme dit ma mère en soupirant quand elle regarde le départ du blindé qui emporte mon père.

Je scrute souvent les cartes de géographie qu'il y a dans la classe, je relis les leçons qu'on nous fait sur les brouillards persistants et les sites naturellement toxiques. Tout ça est scientifique, bien sûr. Mais moi j'ai toujours le réflexe de penser qu'on me ment peut-être. Mon imagination est plus forte que le réel. Elle a toujours le dernier mot, la dernière question, devrais-je dire. Comme les autres, je passe des heures à apprendre le lent travail d'extraction du minerai : les galeries, les formules chimiques pour purifier le Karka de la boue qui l'enferme, le mélange avec de l'or… Je répète dans les poésies, les leçons, cette chance que l'on a d'être les seuls au monde à pouvoir profiter de ces riches minerais que l'on nous envie tant. On nous répète cela si souvent, si fort, c'est si évident pour tout le monde que cela suffit à me rendre inquiète. C'est comme un réflexe chez moi.

Depuis le temps que je souffre du vrombissement des questions dans ma tête, j'ai appris à les supporter. Je n'ai pas besoin des miroirs des Satminiens pour savoir à quoi je ressemble. Il me suffit d'entendre ma propre petite musique, ou plutôt ma propre petite cacophonie intérieure, pour me connaître moi-même. Toutes ces questions mêlées au rejet des autres immatures, à l'amour de mes parents, aux lointains regards des chats et des soldats, tout cela fait que je suis moi. Et personne d'autre. Je suis quelqu'un de spécial comme dit ma maman, avec ses câlins qui me prennent comme je suis. Mais parfois j'aimerais tellement, tellement… être comme les autres.

Ma mère nettoie Satmine de fond en comble, ou s'occupe des Potagers communautaires avec les brigades de femmes. Les femmes ont pour fonction de faire pousser, de nettoyer, de faire croître. Alors le Bourgmestre leur a réservé de grands espaces où elles peuvent travailler la terre et élever des animaux. C'est là qu'on a toutes nos réserves de fruits, de légumes. Il y a aussi des élevages de poulets et de moutons dans d'immenses bergeries qui puent. Pour le reste, les blindés nous livrent les produits dont nous avons besoin : les sodas, l'huile, la farine, les vêtements, les produits d'hygiène, le papier. Tout arrive dans les Magasins tenus par les femmes. On ne manque de rien.

LA GERBE DE SATMINE — Mardi 15 décembre de l'an 87

Le soleil se lève dans des draps propres

La prairie de l'Est a changé de visage. Laissé à l'abandon depuis des années, cet ancien espace de stockage des grands chantiers de construction de Satmine attendait patiemment d'être reconquis pour le plaisir de tous. Nos aînés se souviennent de cette zone impressionnante où se croisaient les engins de chantier, les camions blindés aux roues gigantesques qui déposaient des containers par centaines. Acheminer les matières premières pour bâtir le petit paradis où chacun de nous vit aujourd'hui, fut compliqué et coûteux en vies humaines. Le Bourgmestre a souhaité, en mémoire de cette époque des bâtisseurs, que chaque école de Satmine porte le nom des hommes courageux qui ont offert leur vie à cette œuvre.

La ronde incessante des machines, le bruit strident des sirènes de chantier et la poussière omniprésente ont marqué à jamais les souvenirs des fondateurs de Satmine et de leurs enfants.

« *J'allais sur la prairie de l'Est, se souvient Stieg, je passais mes journées à regarder les engins. Je savais qu'un jour ils construiraient mon école, ma maison. Je proposais mes services aux*

Les hommes produisent et travaillent dur physiquement. Mon père extrait le Karka avec les autres hommes. Les enfants se rejoignent dans les parcs ludiques ou sont embauchés par les femmes aux Potagers ou aux Bergeries contre quelques bonbons. Normalement on travaille à partir de quinze ans, mais beaucoup d'immatures commencent plus tôt. Je ne déteste pas les travaux des Potagers, mais il faut y supporter les autres, alors le plus souvent je m'occupe seule en sortant de l'école. Les heures où je me promène me servent à oublier les moqueries de la journée, les méchancetés et les coups bas dont je suis la cible. Chaque pas que je fais dans les rues me lave des autres et de leur cruauté.

contremaîtres qui me faisaient trier les pierres. Le soir, je rentrais rejoindre mes parents dans les baraquements, les mains en sang, fier d'avoir aidé à bâtir un petit bout de Satmine. »
Aujourd'hui Stieg a bientôt quatre-vingts ans et est devenu improductif. Il vit dans un de ces premiers immeubles construits sur l'Enclave, près de la Mairie, et contemple, ému, l'immense étendue propre de la prairie de l'Est.
Pendant que leurs époux extrayaient le Karka des mines lointaines, nos vaillantes brigades de femmes n'ont pas ménagé leurs peines. Sur toute la superficie de la prairie, il ne reste plus une tige de métal, plus un morceau de verre, plus un éclat de parpaing, plus une chape de ciment. Tout a été évacué, assaini, tamisé. Ce fut un travail de force qui n'a rien à envier aux travaux d'homme. Rares furent les Satminiens qui passèrent le long de la prairie de l'Est pendant ces travaux. Dommage : ils auraient pu y voir les femmes des brigades manier le marteau-piqueur, la pelleteuse, et charrier des tonnes de gravats sans économiser leurs forces. Cette belle énergie a rendu à la terre sa texture originelle, la purifiant de toutes les traces de ces années d'édification laborieuse.
Aujourd'hui, au petit matin, la première préoccupation de notre Bourgmestre a été de venir constater les résultats de ce travail. Et devant cette belle terre assainie irriguée par les rayons du soleil levant, il s'est écrié : « *Enfin, le soleil de Satmine se lève dans des draps propres !* »

Je connais chaque voie de Satmine à force de les explorer à la recherche de je ne sais quoi. C'est plus fort que moi : je fouine, je cherche, j'explore. Je ne me souviens pas du jour où j'ai commencé à fouiller les poubelles. Les boîtes que j'y ai trouvées m'ont tout de suite attirée. J'ai commencé comme ça, en ramassant et en stockant des boîtes de toutes tailles, de toutes matières et de toutes formes. Et puis j'ai eu l'idée de les redécorer. Ce que j'aime par-dessus tout, c'est les recouvrir de vieux papiers fixés à la colle en poudre, les vernir soigneusement et de nombreuses fois pour qu'elles deviennent brillantes et lisses.

Je garde tous les vieux papiers dans cet objectif. Toutes les affiches qui s'arrachent des murs, les papiers qui traînent sur le sol et qui ont été délavés par les pluies, ceux qui sont abandonnés dans les poubelles. Ils me servent à recouvrir mes créations.

En général, mes boîtes ne s'ouvrent pas : elles sont vides et fermées. Il est beaucoup plus compliqué de travailler une boîte qui s'ouvre : il faut trouver un système d'articulation avec des liens de tissu ou de papier, ou de vraies charnières métalliques comme sur les boîtes à cigares. Ou encore : il faut fabriquer un couvercle qui s'emboîte parfaitement, ce qui n'est pas plus simple. Les boîtes qui s'ouvrent sont très pratiques pour ranger tout un tas de choses de toutes tailles, mais j'en fais très rarement pour des raisons techniques.

Voilà, c'est assez simple, ma vie est assez monotone. Je m'appelle Nour, ce qui veut dire « lumière », paraît-il, j'ai quatorze ans et dans la vie je fais essentiellement des photos du Fleuve et des boîtes avec les déchets de Satmine. Ce sont les seuls passe-temps que j'ai trouvés et à mon avis ce n'est pas plus bête que de collectionner des capsules de soda ou de faire des soirées pyjama. C'est comme ça que je m'occupe. Mes parents disent avec des sourires résignés que je suis solitaire.

Moi je suis bien comme je suis. Bien dans les parages des chats immortels. Bien dans le silence concentré de mon grenier à fabriquer mes boîtes. Bien sous l'abri de mon casque intégral. C'est juste ces questions. Ces questions qui vrombissent dans ma tête. Je voudrais qu'elles soient moins nombreuses, moins urgentes. Peut-être que je serais alors vraiment bien. Profondément. L'année prochaine, j'aurai quinze ans, je rejoindrai les brigades de femmes. Je devrai travailler à l'entretien de Satmine. Je ne pourrai plus être seule. Je ne pourrai plus me laver de la méchanceté des autres. Je ne sais pas encore comment je survivrai à ça et j'essaie de ne pas y penser.

Dans mon immeuble, il y a des greniers qu'en général les gens n'utilisent pas. Avant, il y a longtemps, les greniers servaient à ranger de vieilles choses qu'on n'utilisait plus mais qu'on ne voulait pas jeter. Depuis que l'Enclave est fermée, on a pris l'habitude de tout utiliser, on n'a plus rien à remiser. Du coup, tous nos greniers sont vides et plus personne n'y va.

Dans le nôtre, on a fait comme tout le monde. Je ne m'en souviens pas, j'étais toute petite. Mes parents ont sorti tout ce qui traînait là. Ils ont descendu les vieux meubles de leurs parents, les vieilles malles de vêtements, les vieux vélos cassés, les ustensiles de cuisine en aluminium, les bouteilles vides, et les blindés sont passés tout ramasser. Ce sont les brigades de femmes qui ont fait le boulot pour récupérer les matières premières, retaper ce qui pouvait être retapé et garnir les Magasins avec tout ce foutoir. Dans notre grenier, il y avait un casque. Un casque intégral de moto, avec une visière transparente qui pouvait se soulever et se baisser. Mes parents n'ont aucune idée de la façon dont ce casque est arrivé là. Il y a très peu de motos à Satmine, les rares qui existent sont réservées aux soldats. Et personne ne porte plus ces vieux casques. Il paraît que quand j'ai vu ce truc, j'en suis tombée amoureuse. J'avais deux ans, c'est un sujet de rigolade intarissable à la maison, le jour où j'ai découvert mon casque. J'ai immédiatement joué avec, je le mettais sur ma tête pour me cacher, j'y couchais ma poupée, je mettais mes pieds dedans pour me balancer. Ce truc m'a rendue heureuse. Alors mes parents me l'ont laissé, ils ne l'ont pas mis sur le trottoir avec les autres vieilleries familiales. Et dès que j'ai pu, je suis sortie en le mettant sur ma tête. Au fil des années, les Satminiens et les soldats s'y sont habitués.

Plus tard, dans le grenier vide, mon père m'a installé une grande planche posée sur deux tréteaux. En fait, ce n'est pas une planche, c'est une porte transformée en table de travail et posée juste sous la lucarne pour profiter de la lumière du jour. J'ai aussi des caisses avec des pinceaux, des vieux journaux de Satmine, de la colle en poudre, des bouteilles de vernis, des serviettes en papier, des imprimés de récupération : emballages, vieilles cartes routières, papiers cadeau, prospectus, affiches, papiers de bonbons, chutes de tapisseries, vieilles images de l'Enclave…

J'ai installé un chargeur de piles pour mon MP3 dans un coin, une lampe halogène car cela manque de lumière, quelques livres d'images sur Satmine. La seule chose qui manque, c'est un lavabo pour rincer mes pinceaux. Je dispose de tout un stock de bidons d'eau avec des bassines que je vide de temps en temps quand l'eau est trop sale. Une fois sur trois, je me les renverse dessus en descendant l'escalier du grenier : avec ma mère on rigole en répétant à chaque fois : « C'est les risques du métier ! »

Il y a aussi là-haut tous mes outils : une règle métallique, un cutter, des ciseaux orange à grandes lames, des ciseaux pour les ongles de bébé qui sont très pratiques pour découper les petits motifs. Je me suis procuré une pince à épiler pour attraper les tout petits morceaux de papier, des tas de chiffons propres, une grande poubelle et quelques réserves de gâteaux secs. Pas de gâteaux au chocolat, jamais : ça risquerait de faire des taches. J'ai une planche en métal pour découper dessus au cutter sans abîmer la table, quelques crayons et une gomme, un gros marqueur noir dont je me sers pour faire les contours des choses. J'ai accroché aux poutres un fil avec des pinces à linge pour suspendre des collages que je mets à sécher. Il y a aussi mon appareil photo pas loin, et des dizaines ou peut-être des centaines de mauvais tirages de mes photos. Des vues pâles, sur papier normal, que je coupe et redécoupe pour recomposer des images que je colle et que je rassemble. Le plus souvent, ce sont des photos du Fleuve. Je compose et recompose des morceaux de vraies choses pour inventer du nouveau. Je n'y arrive pas vraiment, mais je me dis que ce n'est pas plus bête que de prendre des photos de la Mairie ou des gens. C'est peut-être à force de le prendre en photo que j'ai compris qu'il y avait quelque chose qui clochait avec le Fleuve.

Comme tous les gens de l'Enclave, mes parents n'ont qu'un enfant.

Satmine est une petite ville contenue dans ses frontières. Comme c'est écrit dans le manuel qu'on apprend par cœur : « une Enclave dont l'environnement est si hostile qu'on ne peut imaginer l'étendre ». Alors il faut en limiter la population et gérer l'espace au mieux. C'est pour ça que chaque couple de Satminiens a un seul enfant.

À la Mairie, le chiffre de la population est affiché en permanence en lettres lumineuses : nous sommes 432 765 en ce moment.

Tous les Satminiens ont un immature à peu près normal. Parmi eux, il y a bien sûr les plus beaux, les plus courageux, les plus travailleurs, les plus fêtards, et les parents de ceux-là sont très enviés par les autres. Certains parents se désolent d'avoir eu un garçon alors qu'ils auraient voulu une fille, ou l'inverse.

LA GERBE DE SATMINE Jeudi 02 mars de l'an 87

Morts pour l'avenir de nos enfants

Une fois de plus, notre communauté paisible doit faire face à l'épreuve. Hier matin, les blindés du secteur du Fleuve sont partis avec à leur bord, comme chaque jour, les six cent vingt-sept mineurs de la zone. Hélas, seuls cinq cent soixante-quinze hommes sont revenus vivants hier soir. Cinquante-deux cercueils scellés ont été déposés sur la place de la Mairie devant cinquante-deux épouses et cinquante-deux enfants éplorés. Derrière ces veuves et ces orphelins, tous les Satminiens faisaient corps pour témoigner la force de leur soutien, de leur présence indéfectible. Saul Vijman fait partie des cinq cent soixante-quinze hommes qui sont revenus vivants. Digne et droit, il se recueille devant le cercueil de ses compagnons, puis se tourne vers l'une de leurs épouses et, posant la main sur son épaule, se met à lui parler doucement : « *Ils étaient au mauvais endroit au mauvais moment, dit-il. Un pan de galerie s'est effondré, les fortes pluies avaient fragilisé la veine où nous travaillions tous. Ça a été terrible mais très rapide. Les cinquante-deux copains qui ont été ensevelis n'ont pas souffert. Ça a été réglé en deux secondes. La masse de boue a été si lourde qu'ils ont été tués sur le coup. Quelques secondes avant l'éboulement, nous chantions tous ensemble. Nous étions heureux, nous parlions de nos enfants, de nos femmes et...* » Saul continue de réconforter la veuve et l'enfant qui boivent ses paroles en hochant la tête. Les noms des cinquante-deux disparus seront gravés en lettres d'or au fronton des écoles. Les rentes dues à leurs familles seront versées dès demain et une cérémonie télédiffusée sera organisée sous huit jours, rendant hommage à la vie de chacun de nos compagnons.

À chaque veuve, le Bourgmestre a remis une médaille aux armes de Satmine. Avant que chacun ne reparte vers son foyer, il a tenu à donner un message d'espoir. Les cinquante-deux orphelins se sont spontanément regroupés autour de lui, comme autour d'un guide, attirés par la force et la protection qui émanent de lui et s'imposent à l'heure où leur père disparu leur manque tant. « *Nos compagnons ne sont pas morts pour rien* – a-t-il dit, et chacun a pu entendre dans les vibrations de sa voix l'accent d'une émotion sincère –, *ils sont morts pour l'avenir de nos enfants, pour leur bonheur, pour celui des générations futures.* »

Les Satminiens comparent beaucoup leurs enfants. Mes parents aussi auraient peut-être préféré avoir une petite fille normale, qui aime les jupes roses et les poupées, qui s'habille en princesse plutôt qu'en épouvantail coiffé d'un casque de moto, mais ils me jurent que non. Ils m'assurent qu'ils n'auraient pas pu rêver d'avoir une fille comme moi, que la réalité est plus belle que leurs rêves d'avant ma naissance. C'est difficile à croire et pourtant moi qui ne crois personne, je ne doute pas de leurs mots. Sans doute à cause de la table au grenier installée par papa, des câlins de maman qui m'apaisent et me prennent comme je suis, des sourires fiers qu'ils arborent quand on sort ensemble. Même si j'ai mon casque intégral et ma veste en fausse fourrure orange. Même si les regards moqueurs et les chuchotements des autres nous font un cortège permanent.

J'arrive à l'école seule et j'en repars seule. Du jour où j'ai renoncé à me faire des copains, les autres enfants ont commencé à dire que j'étais bizarre. Ils se sont mis à inventer des choses sur moi : que je sens mauvais, que je suis folle, que je me suis échappée des marécages toxiques, que je suis sortie du Fleuve ou que parfois je tue les chats pour les manger crus et sanguinolents. À force de dire des énormités de ce genre, ils ont fini par y croire et maintenant j'ai bien l'impression qu'ils ont peur de moi. Finalement cela produit un périmètre de sécurité autour de moi, comme si j'étais contagieuse. Ça me convient plutôt bien. Faire un peu peur aux autres, ça me protège. Pendant la journée, je ne parle quasiment qu'à la maîtresse et à Valérie qui fait la cantine, qui sent bon et qui fait taire les autres enfants quand ils se moquent de moi.

Je patiente, un jour sans doute quelqu'un d'autre entrera dans ma vie. Un chat du Fleuve s'installera enfin sur mes genoux, un soldat viendra échanger mon casque avec le sien parce qu'il le trouvera plus joli, un chien errant se prendra d'affection pour moi et deviendra mon meilleur ami ou même un Satminien, qui sait ? trouvera mes cheveux courts à son goût...

Car mes cheveux sont courts. Très courts. Je crois que je suis la seule Satminienne à porter les cheveux aussi courts. Quand je les ai coupés moi-même, on m'a encore dit que j'étais bizarre. Moi je trouve que ça n'est pas plus bête que de s'attifer de barrettes roses qu'il faut remettre en place sept cents fois par jour. Personne ne trouve non plus bizarre que tous les garçons de la classe construisent avec du gel capillaire argenté des architectures immondes sur leur tête, ni que la maîtresse ait la moitié des cheveux blancs aux racines et rouge-orangé sur le reste du crâne. Mais moi, si je veux avoir les cheveux courts pour me sentir mieux dans mon casque intégral, bien sûr, c'est bizarre ! Je suis Nour la bizarre, la mangeuse de chats, la puante, la malade...

J'ai parfois l'idée que je dois me préparer à un événement important et que tout ce que je fais, je le fais *en attendant*. Souvent j'imagine que quelqu'un arrivera un jour et me dira :

– Ça y est, Nour, me voilà, je suis arrivé. Alors qu'est-ce que tu as fait pendant tout ce temps, hein ?

Et là je lui répondrai que j'ai fait divers trucs *en attendant*. Et après cette personne me dira :

– Bon, ben, on peut y aller maintenant ? Tu es prête ?

Et là je répondrai oui sans hésiter.

– Oui, je suis prête.

C'est une scène que je connais par cœur. Quand la vie est trop dure, je me la repasse en secret, les yeux fermés. Elle me fait autant de bien que les câlins de ma mère. Ces choses-là, je ne les raconte à personne, même pas à mes parents, car on me demanderait d'en dire plus : qui j'attends, pour faire quoi, pour aller où... Et tout cela, je n'en sais rien de rien. Mais depuis une certaine nuit, la nuit du Fleuve, je commence à comprendre pourquoi j'ai ces pensées. Il y avait un truc à comprendre, oui. Et moi j'en ai compris un bout. Je ne sais pas encore à quoi ça va me servir, mais ce que je sais du Fleuve, je l'ai compris cette nuit-là.

Il y a d'abord eu ce premier soir où les doutes sont devenus plus forts. J'étais au grenier, je travaillais au milieu de mes boîtes. La pluie qui tombait depuis plusieurs jours martelait la lucarne. Et ce bruit rendait encore plus douillet mon abri. Ce soir-là, je m'attaquais à une jolie boîte rectangulaire qui avait dû contenir des gants de caoutchouc qu'utilisent les femmes aux brigades de nettoyage. Elle était assez plate et serait parfaite pour y déposer quelque chose de très fin : des fleurs séchées, des peaux de lézard, des ailes de papillons (de taille normale, pas des papillons géants des marécages) ou des cheveux de bébé. Je m'engageais dans le chantier compliqué d'une boîte qui devrait pouvoir s'ouvrir, ce qui voulait dire charnières et tout le tralala. Je voulais la recouvrir entièrement de papier noir, puis y poser quelques touches de couleur : peut-être des morceaux de serviettes en papier déchirées, que je répartirais sur le couvercle et sur le fond. Et je mettrais quatre couches de vernis pour qu'elle soit la plus douce et lisse possible.

J'écoutais comme toujours une chanson triste en boucle. J'aime les chansons tristes. Je ne peux pas m'en passer. Que j'en comprenne ou non les paroles, qu'elles soient récentes ou d'un autre temps, elles me sont nécessaires pour avancer dans ma vie de faiseuse de boîtes. Elles calment un peu mes questions. Quand je les écoute, je sens souvent ma gorge se serrer et des larmes me monter aux yeux. Le plus souvent ça ne fait que me picoter, mais parfois je vais jusqu'à pleurer. Ce sont des pleurs qui me lavent de l'intérieur et me laissent comme consolée d'un immense chagrin. Mais quel chagrin ? je n'en sais rien. En ce moment, j'écoute Richard Cocciante : *Il mio rifugio*. Ça veut dire « mon refuge » en italien. Un vieux truc retrouvé à force de fouiller le Satnet et que j'ai annexé dans mon MP3.

J'avais bien enfoncé les écouteurs dans mes oreilles : le droit dans l'oreille droite, le gauche dans l'oreille gauche. Si je me trompe de côté, ils tombent. C'est alors impossible de les remettre avec mes mains pleines de peinture, de vernis ou de colle.

Ce soir-là, je me suis laissé, comme toujours avant de commencer un travail, un moment de silence, ma petite boîte entre les mains, à la tourner et la retourner. J'attends toujours d'être prête. Plusieurs fois j'ai commencé trop vite et j'ai gâché mes boîtes. Maintenant je sais qu'il faut être presque complètement sûr avant de se lancer.

Mais au moment où j'allais mettre Richard Cocciante sur *Repeat*, j'ai eu l'impression que la maison tremblait. J'ai entendu les échos et senti les ondes d'un puissant vacarme. Après un instant de choc, je suis montée sur ma table et j'ai passé la tête par la lucarne. La pluie giflait mon visage et de grosses gouttes pénétraient dans le grenier, inondant ma table de travail.

De mon poste d'observation, j'ai vu des lueurs orange et des champignons de fumée incandescente monter dans le ciel noir. C'était magnifique. Effrayant. Ça venait de l'autre rive, des marécages. De l'autre côté du Fleuve infecté.

Je suis descendue voir mes parents, j'avais toujours la petite boîte à choses fragiles dans les mains et l'eau ruisselait encore sur mes cheveux et sur mon visage.

– Qu'est-ce qui s'est passé, là ? j'ai demandé essoufflée par les battements de mon propre cœur.

– Eh bien, a dit mon père sans quitter la télé des yeux, les brigades de femmes ont fait un grand nettoyage dans la prairie de l'Est aujourd'hui et c'est vraiment très propre. Je me demande ce que le Bourgmestre décidera d'y faire. Peut-être un Potager ?

– Hum... Encore bien du travail en perspective ! Enfin... On annonce une fête surprise pour demain, a ajouté ma mère, avec une mine réjouie face à l'écran. Pas d'école demain, ma chérie !

Stupéfaite par leur attitude normale et détendue, je me suis aperçue qu'ils n'avaient rien entendu de l'espèce d'explosion qui venait de secouer l'air de Satmine et les murs de notre immeuble.

– Non, mais dehors, là ! Qu'est-ce qui vient de se passer ? Le bruit, là ! Les lumières, C'ÉTAIT QUOI ?

– Quel bruit ? Quelles lumières ? a demandé mon père agacé que je le dérange.

Je me suis postée devant l'écran pour attraper leur regard :

– Mais bon sang ! Les fumées orange, le bruit super violent, les murs qui tremblaient ?...

– Pousse-toi de là, a grogné mon père en soupirant et en tendant le cou pour ne pas perdre une image.

– Tu sais bien qu'il y a parfois des gaz qui s'échappent des marécages et qui prennent feu au contact de l'air. On te l'a expliqué cent fois, c'est inutile de t'inquiéter. Viens t'asseoir avec nous, a dit ma mère en me tendant les bras

GRANDE FÊTE DANS LES SALONS D'APPARAT DE LA MAIRIE

Mardi 22 novembre de l'an 87

Miroirs, danses, jeux, fanfares et chants.
Buffets de victuailles préparées
par les plus talentueuses des Satminiennes.

Sous le patronage de notre Bourgmestre
par délégation des pouvoirs de la Force Spéciale
de Sécurité de Satmine.

Affichage autorisé par les forces spéciales de protection de Satmine

Comme quasiment tous les Satminiens à cette heure-là, ils étaient devant la télévision à regarder le journal où l'on annonçait de nombreuses festivités pour le lendemain : pas d'école, des fanfares et de la musique, des bals populaires, des flonflons... Tout ce que je déteste. Demain matin on aura des affiches partout et ma mère va encore faire la cuisine toute la nuit.

De temps en temps, le Bourgmestre nous fait le coup : il décrète une journée de fête surprise. Les gens adorent ça. Ils s'habillent avec leurs plus belles tenues et ils se défoulent au maximum pendant des heures. Personnellement, je les trouve ridicules de danser comme ça pendant des heures. Les fêtes sont aussi l'occasion de sortir tous les miroirs des maisons. Les Satminiens font ces mises en scène dehors, quand il ne pleut pas ou dans les salles d'apparat de la Mairie quand il pleut, ce qui est le cas, le plus souvent. Ils aiment jouer avec les miroirs pour se donner l'impression d'être dans un monde plus grand, pour se voir partout et ils rient et ils dansent en mélangeant les êtres réels et leurs reflets ce qui produit beaucoup de jeux, de rires et de quiproquos.

Je me suis blottie contre ma mère et j'ai étendu les jambes sur les cuisses de mon père qui s'est aussitôt mis à les caresser. J'avais envie de redevenir un bébé. J'ai écrasé ma petite boîte à choses fragiles entre mes poings et je me suis demandé s'il

LA GERBE DE SATMINE jeudi 24 novembre de l'an 87

Une pluie de joie dans la salle d'apparat de la Mairie

Une mauvais temps n'avait pas attaqué le moral des Satminiens ce mardi 22 novembre. Malgré les pluies diluviennes qui s'abattent sur l'Enclave depuis des semaines, notre Bourgmestre tient plus que tout au bonheur des habitants. Par voie télévisée, chaque Satminien a appris lundi 21 novembre que la journée du lendemain serait banalisée en raison d'une fête surprise décidée par le Bourgmestre lui-même. Nul doute que l'effervescence fut alors la même dans tous les foyers, chacun se mettant à astiquer ses miroirs et vérifier ses habits de fête pour briller de mille feux dans la magnifique salle d'apparat de la Mairie le lendemain. Gageons que les immatures ont laissé leur joie s'exprimer sans entraves en apprenant qu'ils échappaient à un jour d'école. Non que les enseignements qu'ils y reçoivent les ennuient le moins du monde, mais leur jeunesse les rend encore inconscients des bienfaits de l'éducation.

Comme à chaque fois, l'enthousiasme fut au rendez-vous de cette journée de fête. Tenues chamarrées, musiques entraînantes, miroirs à l'infini, danses gracieuses des femmes et des immatures, chants et sauts vigoureux des hommes en joie, les caméras ont pu immortaliser ces moments de liesse collective. « *À chaque fête que nous offre le Bourgmestre*, s'écrie Yost essoufflé par la danse des mineurs qu'il vient d'accomplir, *je ressens au plus profond de moi la force de cette communauté soudée que nous formons tous ensemble. Personne ne peut rien contre nous, nous sommes unis et résistants. Nous sommes des* y avait d'autres gens que moi qui avaient des doutes comme ça tout le temps ou bien si tout le monde regardait la télé peinard…

– Moi j'irai pas demain à leur truc, j'ai dit.

– Je sais, ma belle, a dit ma mère en caressant mes cheveux, je sais…

bâtisseurs, des défricheurs ! De la boue nous extrayons le Karka, des marécages toxiques nous faisons sortir une ville rayonnante, des ventres de nos femmes sortent des enfants vigoureux et intelligents ! Comment ne pas célébrer tout cela en dansant ? » Et Yost repart dans la farandole qui l'aspire. Les femmes s'écartent sur son passage en poussant des petits cris impressionnés. Elles rient et essayent de tendre des pièges en déplaçant les miroirs avec la complicité des enfants, mais nos hommes sont rusés et il faut plus que quelques femmes et leurs immatures pour les piéger ! Sur la grande table dressée dans la salle d'apparat, les victuailles sont disposées en pyramides abondantes : des fruits exotiques, des bonbons chatoyants, de la bonne viande séchée, des ragoûts aux délicieux parfums d'épices. Les femmes ont travaillé toute la nuit, dès qu'elles ont appris l'annonce de la fête et, grâce à leur talent, ont su faire sortir des trésors de leurs cuisines.

Vers 5:00 du jour, le Bourgmestre a fait sensation en apparaissant sur la chaise à porteurs qu'il aime utiliser aux grandes occasions. Porté par les plus beaux et les plus forts des soldats des forces spéciales de protection de Satmine, il a pris un bain de foule, non sans parfois, avec toute la bonne humeur et l'humilité qui le caractérisent, se cogner dans les miroirs ! Puis il s'est installé sur le trône et, comme il aime à le faire, a passé le reste de la soirée à contempler la joie de ses sujets tout en goûtant les mets les plus fins que les Satminiennes avaient réservés à son intention. Spontanément raccompagné à ses appartements par de jeunes Satminiennes soucieuses de son repos, le Bourgmestre s'est éclipsé vers 11:00 de la nuit, donnant le signal discret de la fin de la fête. Un bien beau moment qui restera gravé dans le souvenir de chacun d'entre nous et qui nous donne à tous le désir de vivre plus intensément chaque jour, la chance d'être Satminien.

Petite, j'étais obligée d'aller à ces fêtes. Je passais mon temps à hurler. Je ne savais jamais si ce que je voyais était ma mère, mon père, ou leur image. Je me précipitais vers eux et mon front se cognait au verre froid des miroirs. Autour de moi, les autres raillaient mes erreurs. Tous les autres immatures riaient aussi de se tromper, et certains avaient réellement cultivé la faculté de se dissimuler dans leur propre reflet. Mais moi, je détestais ce jeu qui m'effrayait et me faisait hurler de panique. Ma mère finissait par me trouver et me prendre dans ses bras chauds. Alors, elle dansait pendant des heures avec son petit fardeau accroché à son flanc. Ça faisait râler mon père parce qu'il ne pouvait que rarement profiter d'une danse seul avec sa femme. Je me souviens encore de la douleur des crampes que j'attrapais aux mains et aux bras à force de serrer le corps de ma mère de peur qu'elle ne me pose et que je la perde encore dans les miroirs.

– C'est dommage, a dit mon père, tu me manques toujours dans ces fêtes. C'est pas pareil quand t'es pas là. Je ne suis pas aussi gai.

– J'irai pas, j'ai répété, j'ai le droit de ne pas y aller.

– Bien sûr que tu as le droit, il a dit en soulevant mon mollet vers sa bouche pour l'embrasser.

Car, un beau jour, les Satminiens en ont eu assez de mes hurlements, je suis devenue trop lourde pour rester dans les bras de mes parents. Alors j'ai eu l'autorisation du Bourgmestre de ne plus venir aux fêtes, et la mort dans l'âme mes parents m'ont laissée à la maison. Évidemment, cela a donné de nouveaux sujets de moquerie aux enfants de l'école et c'est à ce moment-là que j'ai pris l'habitude d'aller sur les bords du Fleuve avec les chats.

Le lendemain de cette explosion, je suis donc allée près du Fleuve pour échapper aux flonflons de la fête. À cause des pluies diluviennes qui continuaient à tomber, elle était organisée à l'intérieur. Pour cette raison, on entendait moins les bruits des gens, juste la musique des haut-parleurs. Je me suis assise dans un coin, les fesses au sec sous une avancée de toit, et j'ai laissé errer mon regard. Dans le Fleuve, il y avait des morceaux de tout qui flottaient. J'ai vu passer une chaise. D'où venait-elle ? Où échouerait-elle ? J'ai vu quelque chose qui m'a fait frissonner car ça ressemblait à un dos humain, mais en y regardant mieux c'était juste un coussin de mousse jaune pâle qui venait je ne sais d'où. Par endroits flottaient des nappes grasses recouvertes de cendres.

L'eau était noire ce jour-là, pas brune ou vert sombre comme les autres jours. J'ai remarqué aussi qu'elle était de plus en plus haute, à cause de toute cette pluie qui tombait depuis des jours et des jours. Je me suis demandé ce qui se passerait si le Fleuve sortait de son lit et envahissait la ville. J'ai pris des photos, ce qui n'est pas plus bête que de faire le malin en se regardant à l'infini dans des miroirs. J'entendais des cris qui devaient venir de là-bas. D'ici, ils ressemblaient à des plaintes et ça me serrait le cœur. Pour ne plus les entendre, j'ai mis mon MP3 sur les oreilles et j'ai écouté Richard Cocciante.

À cause de la pluie, pas un chat sauvage ne se montrait. Devant moi : l'eau du ciel en rideau de gouttelettes, l'eau du Fleuve en ruban rapide. Autour de moi : la présence invisible des chats et la ronde monotone des soldats devant le Pont et de leurs chiens muselés.

Le mardi soir, c'est le jour où je vais chiner. Cela veut tout simplement dire que je fouille dans les poubelles. Ce sont des poubelles plutôt propres : des bacs de plastique. Les bleus avec les déchets carton/papier et les jaunes avec les déchets plastique. C'est dans ceux-là que j'ai trouvé mes plus belles boîtes. Par habitude, je fouille dans les bacs pas trop remplis, où les gens n'ont pas eu besoin de tasser et d'écraser ce qu'ils jettent. J'y trouve des trésors.

Je connais les maisons de fumeurs de cigares, les maisons de buveurs de vitamines, celles des amateurs de thé, les maisons où il y a un bébé et où on jette une fois par mois environ une belle boîte ronde de lait en poudre avec un couvercle. Je ne ramasse plus les boîtes de Rexaltium. Tout le monde prend ce médicament régulièrement pour être plus en forme. Ma mère a essayé, il paraît que ça marche. J'ai exploité les boîtes de Rexaltium autant que je pouvais et je m'en suis lassée. Il y en a toujours beaucoup dans les bacs.

Un jour, devant une maison aux volets clos, j'ai trouvé trois livres jaunis. Un butin étonnant et rare à Satmine. Je me suis accroupie, j'ai relevé la visière de mon casque pour y voir plus clair, et je les ai feuilletés un à un. Il n'y avait pas d'images dans ces pages et les feuilles étaient collées par la pluie. Les mots qui y étaient imprimés m'ont semblé compliqués et inaccessibles. Mais le projet de les lire entièrement et de les comprendre a fait comme un petit plaisir en moi. Une sorte de friandise, ou mon Rexaltium à moi, je me suis dit en souriant toute seule. Oui, ce projet me faisait du bien. Comme s'il calmait mes questions.

Les livres sont presque inexistants à Satmine, on les trouve à l'école et à la Mairie. Il paraît que quelques Satminiens en ont chez eux, mais personnellement je n'en ai jamais vu dans les maisons. Il faut dire que je fréquente peu les maisons des autres.

Je ne m'explique toujours pas que quelqu'un en ait jeté trois. J'ai bien regardé la maison aux volets clos et je me suis demandé si le chiffre de 432 765 n'avait pas été ramené à 432 764. Quelqu'un était-il mort dans les mines de Karka ? Avait-on nettoyé sa maison et jeté ces trois livres ?

J'ai décidé de les emporter : je les ai glissés dans ma besace. Ils étaient détrempés et pesaient lourd. Ils allaient mouiller tous les autres papiers ramassés, mais tant pis. Ma curiosité était suffisamment aiguisée pour que je me moque de perdre ma moisson du jour.

Ce jour-là, avant de rentrer, je suis repassée le long du Fleuve. L'eau était calme sous les épaisses gouttes de pluie et semblait s'enfuir plus vite que d'ordinaire. Vers où ?

À quoi ressemble le lieu où le Fleuve se jette dans la mer ? La maîtresse appelle cela un delta, je ne sais pas pourquoi. Sur les cartes à l'école, cela ressemble à un triangle bleu, comme un entonnoir. Dans la réalité, cela ne peut pas être un entonnoir bleu. Satmine sur les cartes est une sorte de rectangle marron collé à la ligne noire du Fleuve. Dans la réalité, Satmine n'est pas un rectangle marron et le Fleuve n'est pas une ligne noire. Il y a peut-être des arbres à cet endroit, le delta, ou des barrières ou juste de la pierre lisse sur les berges du Fleuve… Peut-être qu'il y a aussi des chats sauvages. J'aimerais avoir une image de cet endroit. J'ai demandé à la maîtresse de me montrer une photo de l'embouchure du Fleuve.

– Il n'en existe pas, Nour, m'a-t-elle affirmé. Tu sais, c'est juste un estuaire. Rien d'intéressant.

Mais moi, je prends bien des photos du Fleuve, toujours les mêmes, et ça n'est même pas un estuaire, ni une embouchure, ni un delta. C'est juste un trait noir qui ne bouge pas alors que le vrai Fleuve bouge tout le temps. Alors il existe peut-être quelqu'un là-bas qui prend des photos de l'estuaire ? Je ne suis sûrement pas la seule à prendre en photo des lieux où on nous déconseille d'aller.

Le Fleuve, dans Satmine, c'est la seule chose qui bouge et qui change chaque jour si on veut bien se donner la peine de l'observer.

Prise dans mes pensées, j'ai jeté un œil sur la rive d'en face, espérant voir émerger une aile de dragon ou je ne sais quel être bizarre. En vain, l'opacité des brumes absorbait mon regard. Je suis passée devant le Pont avant de bifurquer à l'angle de ma rue et c'est là que je les ai vus. Ou que j'ai cru les voir. Je ne sais pas. Je ne saurai sans doute jamais.

Quatre soldats mettaient en joue une créature en robe claire qui semblait danser. Cela aurait pu être un homme, cela en avait l'apparence, mais de loin je n'étais pas sûre. À cette distance et avec mon casque embué, il était impossible de savoir de quoi il s'agissait. Une sorte de marionnette à forme humaine, un tissu flottant dans le vent ou une simple illusion. La distance m'empêchait de distinguer autre chose que des silhouettes prises dans les gouttes déformantes de la pluie qui percutait ma visière.

Je me suis dit que « la chose » avait l'air d'un géant à côté des soldats tout petits. Je ne me suis pas arrêtée, c'est rigoureusement interdit devant le Pont, mais j'ai marché très lentement pour décrypter cette scène que je ne comprenais pas. J'ai essayé de me convaincre que ça voulait dire quelque chose et que ça avait un sens, mais je ne trouvais aucune explication.

Ça m'a mise en colère de ne rien comprendre et de traîner mes doutes. J'en ai eu marre de vivre là, de me réfugier le long du Fleuve pour échapper aux fêtes obligatoires du Bourgmestre et pour fuir les autres enfants.

J'en ai eu marre de ne pas pouvoir regarder des couchers de soleil sur un horizon dégagé, où on aurait vue sur… je ne sais

Article 12 : Circulation et archivage des supports écrits

12-1 : Approbation préalable
Toute édition ou impression de documents écrits est soumise à l'approbation préalable de la force spéciale de protection de Satmine.

12-2 : Thèmes autorisés pour la production d'écrits
Seront particulièrement privilégiés les ouvrages traitant de l'histoire de la construction de l'Enclave, des techniques d'extraction et d'exploitation du Karka, de mise en garde des lecteurs sur les méfaits du Fleuve ou tout autre sujet directement utile à la vie quotidienne des Satminiens.

12-3 : Archivage
En raison du manque de place dans l'Enclave, toute constitution de bibliothèque est prohibée, les écrits seront scannés et diffusés par le Satnet dans le respect des termes de l'article 12 alinéas 1 et 2.

Extrait du Code satminien - FSPS

pas : les mines de Karka. Marre d'avoir toujours sous les yeux cette autre rive embrumée à regarder à travers la visière humide de mon casque. Révoltée de ne pas oser m'approcher de cette scène sur le Pont, et poser des questions simples pour savoir s'il se passait quelque chose de grave. Marre de passer mon temps dans un grenier à faire des boîtes vides, fermées et magnifiques, en regardant le ciel par la lucarne pour surveiller son incompréhensible embrasement. Marre. Marre comme jamais. J'ai eu envie, à ce moment précis, de prendre du Rexaltium à mon tour. Peut-être le Rexaltium empêche-t-il d'en avoir marre.

De penser à tout ça, c'était comme si ma besace était devenue plus lourde encore sur mon épaule, avec ces trois livres imbibés d'eau, et je soufflais en marchant comme si j'étouffais. Au moment où je suis entrée dans mon immeuble, j'ai cru entendre des claquements, des petites détonations rapprochées. Là encore, je n'étais pas sûre. Ce n'était pas un feu d'artifice : les jours de pluie, on n'en tire pas. Je suis ressortie aussitôt et j'ai couru vers le Pont : il était vide. Plus de soldats mettant en joue une forme blanche. Juste quatre plantons qui en gardaient l'entrée. Je me suis demandé si j'avais rêvé ou si j'avais bien vu, bien entendu, les bruits et les images qui m'envahissaient encore l'esprit : les soldats et la chose en mouvement devant eux, les fusils pointés sur elle, le bruit de la détonation dans mon casque, le bruit des gouttes d'eau sur ma visière, le bruit de mon sang qui battait dans ma tête serrée dans le casque.

Je me suis approchée de la rive, j'ai soulevé ma visière pour y voir plus clair, mais c'était pareil. J'ai ramassé un morceau de ciment détaché d'une façade décrépie et je l'ai jeté de toutes mes forces, avec toute ma rage, dans ce Fleuve pourri, nauséabond et dangereux qui menaçait de déborder à cause de toute cette pluie. Je l'ai scruté comme si mes yeux avaient été des lasers.

J'ai eu l'impression de voir quelqu'un se débattre dans l'eau au loin. Mais juste après, j'ai compris que c'était un rocher qui émergeait du Fleuve et que l'eau s'y projetait en moussant. Vu de la rive, cela pouvait ressembler aux gestes d'appel au secours d'un naufragé. Je me suis dit que si le Fleuve quittait son lit une bonne fois pour toutes, on serait tous emportés ou intoxiqués et qu'ainsi je ne me poserai plus de questions. Mourir noyé, c'est pas plus bête que de vivre en étouffant.

– Pourquoi on ne déménagerait pas ? j'ai demandé à ma mère ce soir-là.

Elle m'a caressé la tête avec un sourire doux et son soupir habituel.

– Déménager ? Voyez-vous ça ! Quelle idée t'es-tu encore mise en tête ? Tu sais bien que les frontières sont fermées, Nour. On est bien, ici. On ne manque de rien dans l'Enclave. Il y a les fêtes du Bourgmestre, on est soigné facilement, on a tout le Rexaltium qu'on veut, les enfants vont à l'école, les pères travaillent à la mine de Karka, les mères aux brigades d'entretien. On n'est pas à plaindre, tu sais.

LA GERBE DE SATMINE — jeudi 2 novembre de l'an 87

Accident mortel au Pont

Hier, Pavel Tromsy âgé de 79 ans et déficient visuel a, par mégarde, emprunté le Pont. Avant que les soldats ne s'en aperçoivent et le rejoignent, il a trébuché et est tombé à l'eau. Les soldats n'ont pas pu porter secours au malheureux, qui a aussitôt péri dans les eaux mortelles. Les voisins de Pavel, encore sous le choc, indiquent qu'il semblait avoir un peu perdu la tête depuis la mort de son épouse, et qu'on voyait parfois sa grande silhouette errer en chemise de nuit blanche dans le quartier comme un fantôme. Ce drame pose une nouvelle fois la question du devenir des Travailleurs lorsqu'ils ne peuvent plus servir à la mine. Le Bourgmestre a mis en place un groupe de réflexion sur le traitement des vieillards.

– Je déteste les fêtes du Bourgmestre.

– Je sais, elle m'a dit en m'embrassant très fort. Mais toi, tu es spéciale…

– Pourquoi les frontières sont fermées ? j'ai demandé une centième fois.

– Pour nous protéger.

– De quoi ?

– Des dangers de l'extérieur, tu sais bien, le monde est dangereux. Très dangereux. Le Karka attise beaucoup de convoitises. On est bien ici, crois-moi. On est à l'abri.

– Mais quels dangers ? Quels dangers ?

Elle a ri, attendrie par mon impatience, comme si j'avais un âge à un chiffre…

– Oh, mais mademoiselle ! Que veux-tu savoir que tu ne saches déjà ?

Et puis elle est redevenue sérieuse, presque grave.

– L'extérieur est dangereux, les gens de l'extérieur sont dangereux. Ce n'est pas pour rien que les Satminiens partent travailler en blindés. Le Bourgmestre veille sur nous. Nous sommes bien, ici. C'est de ton âge de vouloir partir et découvrir le monde. Moi aussi, j'étais comme toi. Et quand mes parents sont venus dans l'Enclave pour commencer une nouvelle vie, ils étaient aussi certainement comme toi. Malheureusement, aujourd'hui le monde est trop dangereux. Un jour, quand la paix sera revenue, nous pourrons sortir à nouveau de l'Enclave comme le faisaient les anciens avant nous. Et tu pourras aller te balader, petite nomade !

– Quand est-ce qu'on pourra sortir ?

– Si je le savais…

– J'en peux plus, maman.

– Mais de quoi manques-tu ?

Cette question m'a fait un mal de chien. Parce que je ne trouvais pas la réponse.

J'ai dîné avec mes parents sans un mot. Ensuite ils se sont installés devant la télévision. Il y avait un programme spécial sur la dernière fête : c'est le genre d'émissions que les Satminiens ne ratent pas : ils adorent se regarder sous toutes les coutures. J'en ai vu des heures, de ces images. Je les connais par cœur.

Je suis montée au grenier. J'entendais mes parents rire et commenter les images. Je n'ai pas allumé la lumière et j'ai grimpé sur ma table. J'ai ouvert la lucarne. J'ai passé ma tête à l'extérieur et j'ai fouillé la nuit.

Je voyais briller les éclats bleutés des téléviseurs derrière les fenêtres des voisins.

Les brumes de l'autre rive étaient claires, comme si elles dégageaient elles-mêmes leur propre lumière. Tout était silencieux et immobile. On entendait de temps en temps l'aboiement d'un chien.

La question de ma mère continuait de bourdonner dans mon crâne comme une mouche prisonnière. De quoi manques-tu ?

Ma tête s'est à nouveau mise à faire autre chose que ce que doivent faire toutes les têtes normales, j'imagine. Ma tête m'a raconté qu'un jour je passerai sur ce Pont pour aller explorer les marécages de l'autre côté. Ma tête m'a concocté une émission spéciale, rien que pour moi. Je passerai le Pont. Les soldats seront absents. Plus j'avancerai sur le Pont, moins ça sentira mauvais, je découvrirai que l'air est meilleur de l'autre côté, et puis un papillon géant m'ouvrira ses ailes et je me blottirai contre ses pattes immenses qui seront comme des trapèzes noirs et luisants. Le papillon m'emportera vers l'intérieur de l'île et là…

Mon programme personnel s'est arrêté là. Impossible de voir ce qu'il y avait derrière les ailes du papillon géant.

Un jour, j'ai demandé à la maîtresse s'il existait d'autres marécages comme le nôtre, d'autres Fleuves aussi dangereux.

– Il y en a plein, Nour, dans le monde entier ! Partout ! a-t-elle dit, presque triomphante de m'annoncer une telle calamité.

– Et ces Fleuves-là, ils sont dangereux aussi ?

– Très dangereux, Nour. Bien pires que chez nous. Notre Fleuve à côté est presque inoffensif.

– Inoffensif ? Mais je croyais qu'il était mortel ?

– Oui, bien sûr, il l'est. Mais la mort qui nous y attendrait si on s'y plongeait serait bien douce à côté de celle procurée par les autres Fleuves, car elle serait rapide et immédiate. Les autres Fleuves sont moins toxiques, mais les agonies sont plus longues.

Je n'étais pas complètement sûre qu'elle nous mentait. Mais je n'arrivais pas à la croire complètement non plus. Ses yeux étaient trop grands ouverts quand elle me parlait, son ton trop appuyé, son désir de me convaincre trop perceptible pour que tout cela produise sur moi les effets qu'elle espérait. Je n'arrivais pas à la suivre, je la croyais peut-être, mais je la détestais.

Les jours qui ont suivi cette explosion apparemment vue de moi seule, il a continué de pleuvoir. Le Fleuve menaçait de déborder, la rive a été interdite. Je n'ai plus pu prendre mes chères photos.

Et ce qui devait arriver, arriva : une nuit, le Fleuve est enfin sorti de son lit. Le liquide mortel s'est engouffré dans les rues de Satmine. Comme une mince pellicule d'abord, formant un miroir sur le sol martelé par la pluie, puis comme un épais réseau de bras d'eau polluée envahissant la ville par ses rues et ses fissures.

Les femmes et les enfants ont immédiatement été cantonnés chez eux, fenêtres et portes fermées à cause des vapeurs toxiques. Les hommes ont continué à partir en blindés amphibies vers les mines de Karka. À partir d'alors, tout devait circuler par ces véhicules. Ma mère a fait l'inventaire des réserves alimentaires. On en avait pour au moins deux mois. Combien de temps cela allait-il durer ? Personne ne pouvait le dire. Enfermé dans l'Enclave, enfermé chez soi. Pas moyen de mettre le pied dans l'eau sans risquer de mourir ou d'être envoyé en zone de confinement hors domicile. Un truc qui devait ressembler à une sorte de prison, j'imagine. Je pensais aux soldats qui prenaient beaucoup de risques, toute la journée dans leurs blindés à faire attention à ne pas s'éclabousser ni chavirer. Et ce risque ne m'inspirait qu'une seule phrase, haineuse et étranglée : « Bien fait pour eux, qu'ils crèvent ! »

J'ai beaucoup avancé sur mes boîtes les premiers jours de la crue. Bien que l'air ait été très humide, j'ai fait sécher peu à peu les livres détrempés que j'avais ramassés. Leurs pages restaient gondolées, comme l'eau du Fleuve sous le vent. Chaque nuit, je regardais l'autre rive par la lucarne. J'ai parfois remarqué que les brumes étaient éteintes, d'autres fois elles étaient allumées, comme s'il y avait une vie là-bas, il m'a même semblé entendre une fois ou deux des cris, des voix…

Quand je lui en parlais, ma mère me disait qu'à force de ne pas sortir, l'esprit de tous les enfants de la ville s'emballait, que beaucoup d'entre nous faisaient des cauchemars, et que c'était toujours comme cela quand le Fleuve menaçait de nous engloutir, qu'il fallait être patiente et ne pas avoir peur. Un soir, elle m'a trouvée si agitée qu'elle a fini par me proposer du Rexaltium en me disant que j'étais assez grande pour en prendre, maintenant. Épuisée, je l'ai mis dans ma bouche pour trouver la paix, mais je n'ai jamais pu l'avaler et je suis allée le recracher aux toilettes. Ma mère a caressé mes cheveux courts en me parlant de tout et de rien. J'aimais sa voix douce et son parfum unique. Mais les mots dont elle m'enveloppait me dérangeaient. Alors au bout d'un moment, je lui ai demandé de juste me caresser les cheveux en chantant la chanson de Richard Cocciante. Comme elle ne savait pas les paroles en italien, elle a fredonné l'air tout doucement et ça m'a fait du bien.

Un matin, j'ai entendu un bruit de moteur. Ce n'était pas l'heure habituelle du départ des hommes pour les mines. Les blindés étaient déjà partis depuis plusieurs heures. J'ai écarté l'épais rideau tiré devant la fenêtre du salon. Dans la rue, en bas de l'immeuble, un véhicule amphibie était stationné. Éclairés par les flashs bleus du gyrophare, des soldats en cuissardes en sont sortis. L'un d'entre eux portait une blouse blanche et avait enfoui ses mains dans ses poches. Ils marchaient calmement, leurs armes accrochées à l'épaule.

– Qu'est-ce que tu fais à la fenêtre, Nour ? a demandé ma mère qui s'approchait dans mon dos.

– Il y a un véhicule amphibie, en bas.

– Ah ! a-t-elle dit en s'approchant de la fenêtre. C'est sûrement pour Consuela. Ils ont dû finir par accepter de venir.

Consuela habitait dans notre immeuble avec Feen. Un jeune couple installé au premier étage. Elle était enceinte et arborait un ventre énorme quelques jours avant la crue. On n'en voit pas beaucoup à Satmine avec un ventre pareil. Je ne l'avais pas vue depuis le début de la crue, mais les dernières fois, j'avais trouvé son ventre tellement énorme que ça m'avait inquiétée. Ma mère s'était amusée de mes questions et m'avait affirmé qu'elle était pareille quand elle m'attendait. Je ne pouvais pas l'imaginer.

– Pourquoi tu dis que les forces spéciales ont fini par accepter de venir ?

– Pour l'emmener accoucher au dispensaire. Je sais que c'est imminent depuis quelques jours. Ton père travaille avec Feen en ce moment et il lui en a parlé.

– Et alors ? Ils ne voulaient pas venir la chercher ? Elle pouvait attendre la fin de la crue, non ?

Ma mère s'est mise à rire.

– On n'arrête pas un accouchement quand il se déclenche. Il n'y a rien a faire pour retenir un bébé qui veut sortir.

Circulaire n° 87-1217-04
Aux Satminiens des secteurs Fleuve, Nord, Sud, Est, Ouest et Centre

Objet : Mesures de confinement et de protection de la population en référence aux risques majeurs liés aux crues du Fleuve.

Le Bourgmestre,
Considérant les informations météorologiques pour la période en cours ; Considérant les dernières analyses bactériologiques et chimiques des eaux du Fleuve en date du 27 novembre de l'an 87 dûment certifiées par le bureau de contrôle et le bureau de santé publique de la force spéciale de protection de Satmine ; Considérant l'âge et la constitution des habitants de Satmine non tenus de travailler aux mines de Karka ; Considérant la crue du Fleuve constatée par huissier ce 8 décembre de l'an 87 à 4:00 de la nuit ;

Arrête par la présente circulaire :

Article 1 : Mesures générales
À compter du 8 décembre de l'an 87 dès 9:00 du jour, les écoles seront fermées jusqu'à nouvel ordre.
Aucune circulation de Satminiens dans les espaces extérieurs ne sera autorisée à compter de la présente circulaire.
Des mesures de protection spécifiques seront mises en place concernant les Satminiens immatures ou les aînés de plus de soixante-dix ans exemptés de travail, conformément au Code satminien, article 9, alinéas 34 à 45.

Article 2 : Mesures concernant les travailleurs
Seuls les hommes majeurs de moins de soixante-dix ans et de plus de quinze ans circuleront selon les modalités ci-après :
Les blindés amphibies mèneront les travailleurs vers les mines de Karka. Ils passeront au seuil des immeubles inondés à heure fixe. Les

horaires de passage des blindés seront communiqués par voie télévisée. En cas de force majeure, si un Satminien est absent au passage des blindés, il lui est formellement interdit de se rendre à la mine de Karka par ses propres moyens. La défection à son travail reste, en période de crue, passible de peines conformément au Code satminien, article 2, alinéa 2.

Article 3 : Mesures concernant les femmes et les immatures
Les femmes recevront des instructions télévisées pour assurer l'enseignement de leurs enfants. Les devoirs seront à télécharger sur le réseau Satnet à compter du 9 décembre de l'an 87 dès 14:00 du jour.
La sortie des femmes et des enfants est interdite. À des fins de protection, tout contrevenant à cette règle (immature ou majeur) sera conduit d'autorité en zone de confinement hors domicile jusqu'à la fin de la crue. En cas de confinement d'une femme adulte, son enfant sera confié à une famille du même immeuble jusqu'à la sortie de sa mère. Nul ne pourra refuser aux forces spéciales de protection de Satmine, la prise en charge d'un immature d'une autre famille.

Article 4 : Mesures de ravitaillement
Pendant toute la durée de la crue, les Satminiens devront fonctionner sur les réserves qu'ils auront constituées en respect de l'article 9, alinéa 2 du Code satminien. En cas de dépassement de la durée légale des réserves (30 jours), le ravitaillement sera assuré par blindé en même temps que le ramassage des travailleurs. Les déchets alimentaires seront évacués des logements par les fenêtres.

Article 5 : Peines et sanctions
Les contrevenants aux présentes dispositions seront jugés dans un délai de 48 heures par le tribunal d'exception et passibles des peines définies dans le Code satminien, article 2, alinéa 2, aggravées par le caractère d'exception que constitue la période de crue.

Fait à Satmine, le 8 décembre de l'an 87 à 5:00 de la nuit.
Par délégation des pouvoirs de la force spéciale de protection de Satmine, le Bourgmestre.

– Bah ! Alors pourquoi ils ne voulaient pas venir si c'est impossible à retarder ?

– C'est la loi. Le Code satminien dit qu'en cas de crue, on ne soigne plus que les travailleurs pour maintenir la production de la mine. Toutes les autres urgences ne peuvent plus être assurées. Pauvre Consuela. Comme elle a dû s'inquiéter pour son bébé. Heureusement ils...

Mais ma mère s'est brutalement interrompue. Elle est devenue blême. À mon tour, j'ai tourné mes yeux vers l'endroit qu'elle regardait. La rue, en bas. Avant qu'elle ne m'écarte brutalement de la fenêtre, j'ai eu le temps de voir une civière portant une énorme forme blanche entièrement recouverte d'un drap. Ma mère n'a pas pu cacher son trouble.

– C'est pas vrai, a-t-elle répété en se laissant tomber sur une chaise, mais c'est pas vrai !

– C'était quoi ?

– Rien, ils l'emmènent accoucher... sa voix était blanche, son regard fuyant.

– Pourquoi ils ont recouvert son visage ?

– Écoute, je... Oh et puis, je ne peux pas te mentir, Nour. Voilà. Je crois qu'ils sont venus chercher le corps de Consuela. Je crois, non : je sais, je viens de comprendre. En fait... – elle s'est mise à pleurer – en fait, elle a dû avoir une complication, appeler les secours médicaux. Mais en période de crue, ils ne viennent plus. Elle a dû tout essayer pour s'en sortir.

– Mais ils sont bien venus la chercher aujourd'hui, qu'est-ce que ça leur coûtait de venir plus tôt ? Pour la sauver, pour l'aider à accoucher...

– C'est la loi, ma chérie. Et ce pauvre Feen... est-il au courant, au moins ? On ne sait même pas quand ce malheur est arrivé.

– La loi ? Une loi qui laisse mourir ? Le Bourgmestre quand il saura ça, il va sévir, à coup sûr ! Je trouve ça... je trouve ça...

– Tais-toi, Nour ! Allez, tais-toi. On n'y peut rien. La colère ne sert à rien. C'est pas de chance. Consuela aurait accouché quelques jours plus tôt elle aurait été sauvée avec son bébé. C'est encore à cause de ce maudit Fleuve... Le Bourgmestre ne peut pas tout, malheureusement. Il fait déjà tellement pour nous tous, pour qu'on soit bien.

Elle avait raison. J'étais injuste. Maman et moi, on est restées assises l'une contre l'autre. Elle pleurait, je sentais sa peine. Elle m'a serrée contre elle. J'ai pensé à Feen qui allait rentrer le soir dans sa maison vide. Peut-être qu'il savait déjà ce matin, en partant travailler, qu'il avait perdu sa femme et son bébé. Il a dû être le premier à savoir. Qui d'autre que lui aurait appelé les secours pour venir chercher le corps de Consuela ? Feen, forcément. On était tous enfermés chez nous.

Je ne comprenais pas cette chose tellement simple. On ne se déplaçait pas pour soigner quelqu'un, mais on se déplaçait pour venir chercher son corps. À quoi servait cette règle ? J'ai interrogé ma mère, encore une fois.

– C'est qu'en période de crue, tout est beaucoup plus compliqué, beaucoup plus coûteux. Et les gens demandent de l'aide pour un oui ou pour un non, ils ont tendance à paniquer, surtout les femmes qui restent inoccupées chez elles. Avec cette règle, il y a des accidents terribles comme aujourd'hui. Mais dans l'ensemble, les gens malades arrivent à attendre la décrue, les forces spéciales ne se déplacent pas à tout bout de champ pour des bêtises. Le plus souvent, ça se passe bien, même si c'est un peu pénible.

– Y a quand même un moyen d'éviter ça, non ?

– Tu sais, Nour, le Bourgmestre s'est entouré des plus grands experts. Nous sommes dans une région hostile, nous sommes des pionniers, des bâtisseurs. Et cela ne va pas sans quelques risques. Nous devons organiser notre vie au mieux avec toutes les contraintes qu'il y a ici. Ce maudit Fleuve, ce climat difficile, cette région dangereuse. Tout cela n'est pas facile, mais grâce aux efforts que nous faisons, un jour nous profiterons enfin de tout ce que nous avons construit. Avec un autre Bourgmestre il y aurait sans doute beaucoup plus de drames et de souffrance. Le nôtre est exceptionnel et nous avons beaucoup de chance d'être sous sa protection. Crois-moi, c'est bien pire ailleurs.

– Comment tu le sais ? Tu es déjà sortie de l'Enclave ?

– Crois-moi, Nour. C'est bien pire.

– Mais réponds-moi : tu es déjà sortie ?

– Arrête, avec tes questions. Tu sais bien que ça ne sert à rien.

LA GERBE DE SATMINE — vendredi 20 décembre de l'an 87

Avis de décès du 19 décembre de l'an 87

◇◇◇◇◇◇◇◇◇◇◇◇◇◇◇◇◇◇◇◇◇◇◇◇◇◇◇◇◇◇◇◇

CONSUELA EVARISTA HUNGTRÖP,
en sa vingt-deuxième année,
victime des eaux du Fleuve.

HUSSEIN RATOVONIRINA,
en sa trente-huitième année,
intoxiqué par les émanations de gaz des mines.

TAMARA TSUBA IMANE POLITOVSKAÏA,
en sa quarante-septième année,
victime des eaux du Fleuve.

JOSÉ FERNANDO NYARURI,
en sa soixante-septième année,
tombé à la Mine.

OREL KHANKHEL,
en sa dix-neuvième année,
victime des eaux du Fleuve.

◇◇◇◇◇◇◇◇◇◇◇◇◇◇◇◇◇◇◇◇◇◇◇◇

On est resté encore un long moment dans les bras l'une de l'autre. Le fait qu'elle n'ait pas répondu à ma dernière question était comme une démangeaison qui ne passait pas. Je pensais à Feen, à Consuela. Je revoyais les cercueils qu'on décharge souvent des blindés. J'ai essayé d'imaginer ce que serait la vie sans papa, sans maman. Obligée d'aller dans une de ces familles de vieux couples dont les enfants sont partis, ou pire : dans une famille avec un immature haineux. Je me suis serrée un peu plus contre ma mère. Il aurait fallu que rien ne change. Qu'on reste comme ça : tous les trois. Protégés. À l'abri. Il aurait fallu que je puisse dormir entre le départ et le retour des blindés. Ne pas attendre. Ne pas imaginer le pire. Mais voilà, quelque chose avait changé : j'avais vu cette civière emporter le corps de Consuela. Comme si la mort s'était rapprochée de nous. J'avais peur. Je pensais aux mots de ma mère. Ça ne pouvait pas être plus sûr, mieux pensé pour nous, que ça ne l'était aujourd'hui. Oui. Se convaincre de ça. Être sûre de ça. Sûre comme je pouvais l'être moi, c'est-à-dire jamais complètement.

Cette nuit-là, je me suis demandé si j'étais la seule à voir des choses. Pourquoi ce que j'ai vu, moi, personne d'autre ne l'avait vu ? À cette question non plus, je n'ai pas encore trouvé de réponse

Il était tard dans la nuit. J'avais décalé mes heures de sommeil. Je dormais le plus longtemps possible dans la journée, et j'aimais rester éveillée le soir, quand mes deux parents étaient là et que rien ne pouvait arriver. On faisait les devoirs avec mon père, tard le soir, et puis il allait se coucher. Moi, je restais éveillée le plus longtemps possible. J'avais obtenu le droit de monter travailler dans mon grenier. Je n'écoutais presque plus de musique, j'étais épuisée et le silence me faisait du bien. Je posais mon pinceau sur une boîte quand j'ai entendu des voix de soldats dehors. Comme à mon habitude, je suis montée sur ma table, j'ai ouvert la lucarne et j'ai doucement passé mon buste par l'ouverture. J'en ai aperçu un qui marchait dans l'eau. C'était un grand chauve avec un crâne un peu pointu. J'ai mieux regardé. Il marchait dans l'eau. Dans l'eau pourrie. Et d'autres avec lui. Ils étaient trois. Peut-être plus.

J'ai aussi entendu distinctement le plouf-plouf de leurs pieds qui pataugeaient tranquillement, et les halètements de leurs chiens qui couraient à leurs côtés. Le clapotis des pattes dans le si dangereux liquide m'a figée sur place. J'ai écouté longtemps pour être sûre. J'ai tordu mon cou pour les regarder jusqu'à ce qu'ils disparaissent. Personne ne poussait de cris de douleur, personne ne semblait trouver anormal de marcher dans cette eau. Ils étaient détendus, presque heureux. Aucun ne se dissolvait dans d'atroces souffrances, les chiens s'amusaient, les hommes s'éclaboussaient sans crainte. Mais ce vieillard, là, Pavel Tromsy, qui était tombé du Pont, lui n'avait pas survécu une minute à l'eau pourrie. Comment était-ce possible ?

J'ai réfléchi longtemps à ce que j'avais observé et entendu. Plusieurs jours. J'ai repensé à la forme blanche que j'avais vue sur le Pont et qui était restée une énigme. Était-ce le Pavel Tromsy de l'article ? Non : impossible, car les soldats étaient près de lui et auraient pu lui porter secours. Je ne pensais qu'à cela. La forme blanche. Les soldats qui marchaient dans l'eau. Le vieillard en chemise de nuit tombé dans le Fleuve. Et pendant ces journées, le doute était si fort en moi que je sentais mon cœur battre en permanence dans ma poitrine. Quelqu'un d'attentif aurait pu voir clairement inscrits sur mon visage tous mes soupçons et lire distinctement toutes mes questions comme sur une affiche.

Plusieurs nuits après, ça a recommencé : les aboiements joyeux des chiens qui jouaient dans l'eau, les voix enjouées des hommes. J'ai revu le même grand soldat chauve, en pleine forme, marcher dans l'eau. J'ai été presque sûre. Comme pour les boîtes, quand on est presque sûr, on peut commencer à travailler pour de bon. On sait ce qu'on veut en faire. Là c'était pareil. J'avais la trouille, mais je savais ce qu'il me restait à faire. Il restait une seule chose à vérifier.

Ce que je pourrais appeler « la dernière nuit de mes doutes », j'étais au grenier. Je ne dormais pas. Je ne travaillais pas. Je respirais à peine, tant les questions en moi étaient devenues brûlantes. Je restais des heures immobile, sans bricoler, découper, coller ou peindre, sans écouter de musique. J'étais juste à me demander ce que je devais faire. Et peut-être aussi à attendre ce quelqu'un qui serait venu et qui m'aurait dit :

– Alors tu es prête ?

Bien sûr, personne ne m'a posé cette question. Mais à un moment, j'ai senti si fort que j'étais prête que j'ai quand même eu besoin de le dire à haute voix :

– Oui. Oui, je suis prête.

Je suis descendue très doucement du grenier. Avec une lenteur infinie et un silence parfait, comme si j'étais devenue un fantôme ou un rêve, je suis passée devant l'appartement où sans doute mon père dormait épuisé par sa journée à la mine et ma mère veillait près de lui, pas assez fatiguée pour trouver le sommeil. J'ai pris garde à ne faire aucun bruit, car je savais qu'elle se lèverait immédiatement si elle m'entendait sortir et j'ai descendu une à une les soixante-treize marches de l'escalier en les comptant.

En passant devant la porte de Feen, j'ai imaginé le gros fantôme au ventre énorme de Consuela et de son bébé, couchés près de lui en silence. J'ai pensé aussi à Pavel Tromsy et je leur ai demandé de la force à tous les deux.

En bas, il restait deux marches pour atteindre le hall de mon immeuble. Ces deux dernières marches étaient immergées par l'eau brunâtre du Fleuve, qui renvoyait dans la nuit les reflets des lampadaires et ceux de la lune filtrant par la large porte vitrée à deux battants. Cela donnait, dans le silence, le spectacle d'un ballet d'éclats lents, presque palpables.

Je suis restée longtemps debout sur la dernière marche sèche. J'étais très calme. Je n'avais pas pris mon casque ni mon manteau orange. J'étais pieds nus, en sous-vêtements. Sans appréhension, j'ai tendu le pied droit et je l'ai plongé dans l'eau mortelle qui nous avait envahis. C'était froid, mais moins que je ne l'avais craint.

Aucune décharge électrique. Aucune brûlure chimique. Aucune douleur suspecte. Doucement, j'ai plongé mon pied gauche. J'ai avancé, descendant ces deux dernières marches, puis j'ai posé les pieds sur le carrelage. Sous mes orteils que je bougeais sans difficulté, je pouvais sentir les petites rainures des joints entre les grands carreaux du sol. Je suis restée comme ça. Sans bouger. J'ai attendu avec de l'eau jusqu'aux genoux, pour voir si j'allais mourir. Je n'avais pas peur, pas même l'idée de la peur à ce moment-là. Je crois que j'étais d'accord pour mourir.

Parce que toutes les questions qui m'avaient amenée là étaient aussi importantes que ma vie.

Il ne s'est rien passé. Rien d'autre que le froid qui engourdissait mes pieds, mes chevilles. Rien d'autre que la chair de poule qui courait sur la peau de mes cuisses, de mes bras.

Rien.

Absolument aucune autre douleur que celle du froid.

Je ne suis même pas morte.

Je me suis mise à sourire, puis à rire franchement, à tourner dans l'eau sans crainte de m'éclabousser, je me suis assise, allongée, baignée de la tête aux pieds : rien ne m'est arrivé.

Enfin, si.

Une chose m'est arrivée, une chose toute nouvelle pour moi : cette sensation incroyable, pour la première fois, d'être sûre de quelque chose. L'eau du Fleuve n'était pas mortelle et j'allais avoir quinze ans bientôt. J'ai savouré ces deux idées longtemps et j'ai tendu les mains vers les petits reflets qui dansaient sur les murs.

Après ça, je suis remontée dans mon grenier très calmement. J'étais forte. J'ai pris toutes mes boîtes et j'en ai fait un mur dans un coin du grenier. Il fallait que je le fasse. Quand j'ai mis à la poubelle les boîtes qui étaient encore en chantier et que je n'avais pas l'intention de finir, j'ai pleuré. J'ai pleuré pour la fin de tout ça. J'ai pleuré pour ce que je perdais, mais il fallait que je le fasse.

J'avais froid. Je me suis assise devant ma table vide. J'ai attrapé les trois livres remisés dans un coin du grenier. Je les ai posés devant moi : ils continuaient à m'appeler avec leurs pages gondolées. J'en ai ouvert un au hasard et j'ai lu quelques mots. Je ne comprenais rien. Ça ne parlait ni du Karka, ni de Satmine et ses fêtes, ni du Bourgmestre ou des dangers des marécages toxiques. Je ne comprenais rien, mais j'ai lu une phrase, puis l'autre. Ça parlait de quelque chose d'inconnu. Forcément quelque chose qui se passait à l'extérieur de l'Enclave, sinon j'aurais compris, j'aurais reconnu.

Phrase après phrase, une force nouvelle m'a attrapée à l'intérieur. Il y avait donc quelque chose à découvrir. Une chose : le Fleuve n'était pas mortel. Deux choses : il existait tout un monde autre que l'Enclave. Trois choses : j'allais avoir quinze ans et je n'étais peut-être pas obligée de rejoindre les brigades de femmes. Quatre choses, mille choses sans doute. J'ai posé mes deux mains sur la porte qui me servait de table de travail. Je me suis concentrée pour la regarder autrement : avec des bouteilles vides accrochées tout autour, elle pourrait flotter comme un radeau.

Fabriquer un radeau, c'est pas plus bête que de fabriquer des boîtes vides.

Avec une embarcation comme celle-ci, je pourrai partir sur le Fleuve, quitter la ville, traverser les brouillards de l'autre rive.

Et en avoir le cœur net.

AVIS DE RECHERCHE

Nour, immature de 14 ans, 1.52 m,
brune, cheveux courts, yeux verts.
Vêtue d'un manteau orange et coiffée
d'un casque intégral de type « motard ».
Résidente du secteur du Fleuve.

Vue pour la dernière fois sur la rive
par les soldats de la force spéciale de protection
de Satmine, le 31 décembre à 7:00 du jour.

Tout renseignement concernant l'individu est à adresser sans délai
par le Satnet aux services de la force spéciale de protection de Satmine.
Toute dissimulation d'informations relatives à cette disparition serait passible
des peines prévues dans l'article 2, alinéa 2, du Code satminien.

Affichage autorisé par les forces spéciales de protection de Satmine

Ouvrage réalisé par
Cédric Cailhol Infographiste.

Reproduit et achevé d'imprimer
par l'Imprimerie France-Quercy à Mercuès
en avril 2012.

Dépôt légal : **avril 2011**
N° d'impression : **20673**
ISBN : **978-2-8126-0205-4**

Imprimé en France.